唐宋詞[illegible]

邱燮友編採

東大圖書公司印行

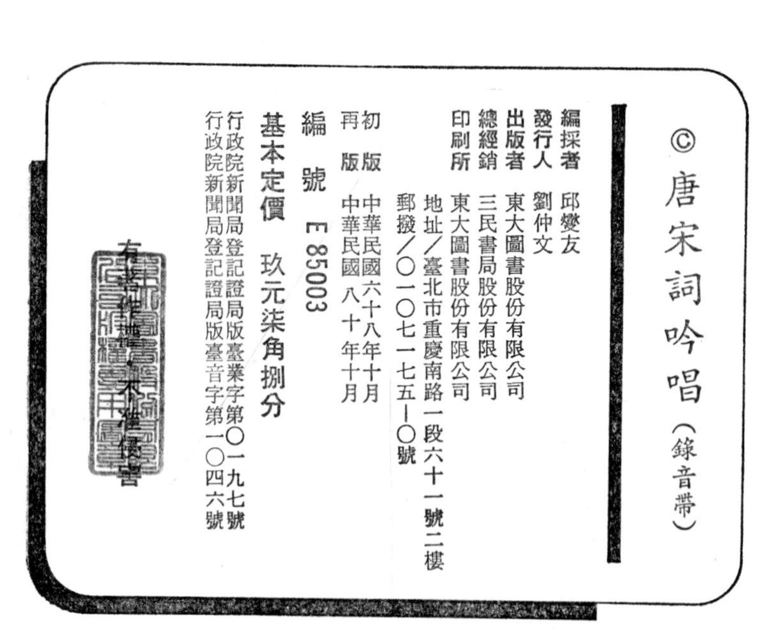

© 唐宋詞吟唱（錄音帶）

編採者　邱燮友
發行人　劉仲文
出版者　東大圖書股份有限公司
總經銷　三民書局股份有限公司
印刷所　東大圖書股份有限公司
地址／臺北市重慶南路一段六十一號二樓
郵撥／〇一〇七一七五一〇號
初　版　中華民國六十八年十月
再　版　中華民國八十年十月
編　號　E 85003
基本定價　玖元柒角捌分
行政院新聞局登記證局版臺業字第〇一九七號
行政院新聞局登記證局版臺音字第一〇四六號

ISBN 957-19-1363-4（平裝）

唐宋詞吟唱（C—120 雙聲道錄音帶）

邱燮友教授	編採
國立師範大學南廬吟社	吟唱
中國廣播公司	錄製
東大圖書公司	發行

南廬吟社吟唱隊：

社長：劉其玫

指揮：烏宜行

女聲：洪桂津　王增光　郭美季　鄧桂月
陳惠真　胡秀美　陳文琴　吳寶蘇
張素玲　蔡兌金　劉其玫

男聲：林仁傑　顏瑞芳　許長謨　信世昌
林清賓　曾慶總　蕭和達　烏宜行

伴奏：呂榮華　莊婉芳　連建蘭　元偉芝
施議訓　陳章錫

旁白：張鈞莉　楊棨烺　傅淑芳

譯譜：張素玲　黃穗芳　許長謨

唐宋詞吟唱　目次

第一卡帶（第一面）

第一卡帶（第二面）

第二卡帶（第一面）

第二卡帶（第二面）

1（C—120 第一卡帶 雙聲道 第一面）

詞，又名長短句、曲子詞。唐人的齊言詩，爲了配合吟唱，加入一些散聲，便成爲長短句。當時朝野間，也有倚聲塡詞的風氣，唐人稱它曲子或曲子詞。於是長短句的詞，便是唐代的新體詩。

從教坊記所記載的敎坊曲，到敦煌莫高窟出土的敦煌曲子詞，說明了唐代盛世，詞已經在流行；晚唐、五代，文人加入塡詞，詞代替了詩的地位，成爲當時文壇的主流。兩宋以來，詞的領域更加開展，於是百家爭豔，管絃紛陳，猶如春泉鳥語，各有淸音。

秋　風　詞　　唐・李白（701—762）

李白才情緜密，他的這首秋風詞，就是相思曲。

唐・李　白詞

陳蕾士 鄭亞通古譜整理

【說明】

李白，字太白，祖籍隴西成紀人，五歲時，隨父遷居四川綿州彰明縣的青蓮鄉，因自號青蓮居士。他與杜甫同爲唐詩雙雄。但他的詞，在全唐詩中收有十餘首，也以情意纒綿見稱。一般人以爲盛唐沒有詞，其實詞發生在盛唐。這首「秋風詞」，借秋起興。秋，是相思的季節，秋風、秋月更惹人起無限的懷念。遣詞樸質而情意奔放，所謂「情溢乎辭」者也。

秋風詞開端四句由寫景入手，寓情於景。秋風蕭瑟、明月當空，一幅大地遼闊景象，「寒鴉棲復驚」，尤其顯得淒涼，也象徵聚而復散的痛苦。因此，「相親相見知何日，此時此夜難爲情。入我相思門，知我相思苦。」一瀉而下，完全吐露出相思的心聲，有痛快淋漓之感。但詞中的相思之情，仍不斷地在蘊釀。

以下更直接舖敍這種情感。「長相思兮長相憶，短相思兮無窮極」，這是心靈在極度難熬的情況下，所發出的怨歎。面對斯情斯景，只有讓相思的波濤淹沒整個心湖。在矛盾的意識下，暗自悔恨：早知相思會如此縈繞心緒，倒不如當初未曾相識。更是哀怨，扣人心弦。

漁　歌　子　唐•張志和

漁樵生活，無牽無掛；而漁歌樵唱，自比羲皇上人，便是天籟。西吳記云：「湖州磁湖鎮道士磯，即志和所謂西塞山前也。」湖州，在今浙江省吳興縣。那邊就是太湖，您聽，那不就是漁歌子嗎！

唐・張志和詞
譯自碎金詞譜

【說明】

張志和，字子同，原名龜齡，金華（今浙江省金華縣）人。唐肅宗時舉明經科，待詔翰林。後坐事被貶謫，於是不願做官，居江湖，自稱煙波釣徒，又號玄眞子。

張志和的漁歌子，共有五首，描寫漁家閒放自適的生活，無拘無束、自由自在，遨遊在湖邊江上，不爭名利，不求榮祿。眞是「古書奇畫莫論價，淸風明月不須錢」兩句話而發的。

大自然本身是有生命的，一切的活動都是美的。懂得欣賞大自然的人，將自己的生命，與自然結合，構造一幅動的畫面，漁歌子便是如此。張志和將西塞山前的白鷺、太湖中的鱖魚，以及穿簑戴笠的人影，在斜風細雨的迷濛的境界中，組成一幅江南的畫面。那份美景就這麼深深的留在我們的腦海，而其中更以「不須歸」三個字，就完全表現出了詞人的恬淡、灑脫，令人讀來，對大自然產生無比的遐思和嚮往。

欸乃曲 唐‧元結 (723—772)

欸乃曲，是一首舟歌，却充滿了空靈和天趣。

【說明】

元結，字次山，河南人。少年不羈，十七歲才折節向學，擧進士。唐肅宗時，史思明攻河陽，他上書三篇，得到皇上的賞識，又以討賊有功，累官監察御史，水部員外郎。代宗時以親老告歸樊上，著書自娛，始號琦玗子，繼稱浪士，亦稱漫叟。晚拜道州刺史。著有元子十卷、文編十卷，琦玗子一卷。

這首欸乃曲，元結自序：「大曆丁未中，漫叟結爲道州刺史，以軍事詣都、使還州，逢春水，舟行不進，作欸乃五曲，令舟子唱之，蓋欲取適於道路耳。」（所錄爲第三曲）。可知欸乃曲是元結在舟中即興作的。作者爲道州刺史，前往還州，可知當時是逆湘水而上，遇春水高漲，聽得猿聲，作舟歌讓船夫共唱，以此自快。

欸乃曲是民間的歌曲，是船夫曲，與漁歌體的漁歌子，情歌體的竹枝詞，楊柳枝詞諸調，同爲街陌里巷最通行的歌曲。這些歌詞，可說是詞文學早期的形態，尙存有民間小調的色彩。

前二句寫舟中所見所聞之景，千里煙林，淡如水墨畫，又說猿吟不息，增加幾許動態的美感。末兩句形容猿吟，取譬雖較文雅，不似民歌的拙樸，然高潔空靈，有絃外之音。

花　非　花　唐・白居易（772—846）

這是一首情歌，既非花，又非霧，想必是霧中花，意中人，隨意在心中來去，像春夢朝雲般，怎不教人尋思難忘？

唐・白居易 詞
譯自碎金詞譜

【說明】

白居易，字樂天，自號醉吟先生、香山居士。其先太原人，遷居下邽（今陝西省渭南縣）。五六歲時，便學寫詩。十六歲那年，以「

賦得古原草送別詩」，爲唐詩人顧況所賞識，二十九歲成進士，一生努力寫詩，偶而亦作長短句，著有白氏長慶集。據全唐五代詞（林大椿校編）所選，收有白氏的詞四十餘首，花非花便是其中的一首。

花非花是一首很含蓄的詞，全篇主旨不直說，但美而委婉，曲折而有情致。古人對「愛情」一事，往往不直說，像李商隱的「無題詩」，便是如此。「花非花，霧非霧，夜半來天明去」，是寫「夢」，美如花，謎如霧而非霧，這是夢境，也暗示這是愛情。愛情美如花，神秘如霧。夜半來，天明去，是指日有所思，因而夜有所夢，夢見伊人來，夢醒時，芳踪又渺。如此神秘，如此飄忽，故來如春夢，去似朝雲，使人溫馨難忘，使人思念。

白居易的這首詞，是早期長短句的形態，唐人稱之爲曲子或曲子詞。唐人的齊言詩，爲了配合歌唱，而將一些句子攤破，變成了長短句。可知詞的發生，與音樂有密切的關係。

憶　江　南　　唐•白居易

白居易五十二歲的時候出任杭州刺史，五十四歲，又任蘇州刺史，餘杭形勝，吳中太湖春，風光明媚，江南堪稱第一。他回長安洛陽後，想起昔日足跡所到，能忘掉江南嗎？於是寫了三闋憶江南，這是其中的一闋。

唐・白居易 詞

譯自碎金詞譜

【說明】

白居易這首憶江南是歌詠本題的作品，主旨在描寫江南美景。短短的二十七個字，描繪出一幅水平花簇的風景畫，那南國風情，多令人神往。

人往往對於往日的良辰美景，有著一份完美的印象，白居易也不例外。試想日暖風和的江南，該是如何脫俗。作者以重點式的描寫法點出了江南美麗的形象，在萬般景緻中，以「日出江花」的紅與「春來江水」的綠來點染江南的特色。

在春風的吹拂下 ， 江邊開滿了火一般的花朵 ， 映襯着藍綠的江水，爲江南沾染了幾許鮮明活潑的氣息，像是一個懷春的少女，有著紅花般奔放的熱情，同時又有著柔水般的深情，怎不叫人憐愛、追憶？

菩　薩　蠻　五代‧溫庭筠（812—870）

花間鼻祖溫庭筠，他的詞麗語綺思，正如王謝子弟，吐屬風流，王國維的人間詞話評：「畫屏金鷓鴣，飛卿語也，其詞品似之。」

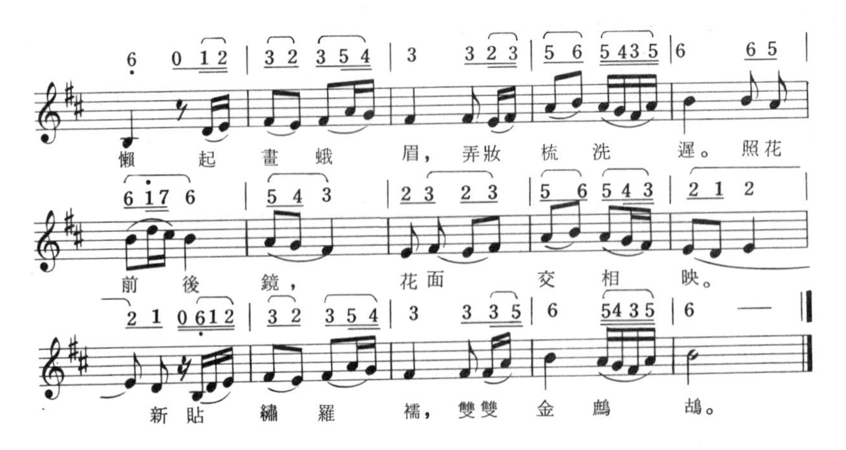

【說明】

溫庭筠，字飛卿，太原人。少敏悟，工辭章，才思清麗，是晚唐第一位以全力從事於詞創作的作家，有握蘭、金荃兩本詞集，但均已亡佚。今存之詞作有六十多首，保留在花間集，尊前集中。他的詞風屬於濃艷富麗派，喜歡用富麗金碧的字句入詞，無怪王國維人間詞話說他的詞品似「畫屏金鷓鴣」了。

這首菩薩蠻，在寫一位美人晨起梳妝的生活情態。渡過漫漫長夜之後，當亮麗的陽光，再度光臨帷屏掩映的閨房時，心中不免重新燃起希望，或許昨夜的失眠，使她晏起。在鏡前，梳理昨夜睡亂的頭髮，望望鏡中雪白的肌膚，在烏黑的髮絲映襯下，更顯得艷嬌。但她却提不起精神來妝扮，於是懶洋洋地把眉先畫了，再簪朵香花吧！當她穿上那件繡有兩隻金鷓鴣的羅衣時，心中的那股悵怨不覺又升上來了。

作者藉著一些尋常事物與動作，來表現那淒幽的閨怨，在濃艷的色彩下，掩不住的是那無限幽微的怨情。因此這首菩薩蠻，便顯得綺靡而有致了。

上　行　杯　五代•韋莊（836—910）

上行杯是酒令，敎坊記有此曲。詞本是杯觥之間的酒令，韋莊的上行杯，也是一闋勸酒的別歌。

【說明】

韋莊，字端己，京兆杜陵（今陝西省長安縣）人。是唐詩人韋應物的後代。他早年孤貧，中年遇黃巢之亂，流徙在江湖間，到五十九歲才舉進士。後應王建入蜀，爲相。韋莊沒有詞集，他有詩集，名爲浣花集，後人因稱他的詞爲浣花詞，作品見於花間集，有四十七首，都是小令。

韋莊是花間詞人中的一大家，與溫庭筠齊名，後代論詞，往往將溫韋兩家詞比較在一起。況周頤蕙風詞話：「韋文靖詞與溫方城齊名。熏香掬豔，眩目憐心。尤能運密入疏，寓濃於淡，花間羣賢，殆鮮其匹。」王國維人間詞話稱韋莊的詞品像「絃上黃鶯語」，溫庭筠的詞品像「畫屏金鷓鴣」，是用他們自己的詞句，來批評他們的詞。

上行杯是唐代的敎坊曲，與下水船、回波樂等，同起於曲水流觴時所唱的酒令。韋莊的這闋上行杯，也是宴席間勸酒的別歌。

自古灞陵傷別，折柳依依，最怕春草萋萋，何況是在岸上宴飲蘭舟催發之際，一曲離聲更叫人腸斷！送君之情意千萬，美人玉盤酒盞，紅袖金縷，好像心頭縈繞難捨的情絲，勸君莫推辭，直須滿盞喝下，才能澆下深深的離愁。韋莊的上行杯，充滿新鮮的生命與眞切的感情，就用淺近的字，寫自己的遭遇，讓人感到主人殷殷勸飲，主客之間，有著濃厚的情誼。

浪淘沙　南唐•李煜（937—978）

王國維說：「詞至李後主而眼界始大，感慨遂深，遂變伶工之詞而爲士大夫之詞。」（見人間詞話）由於後主身遭亡國之痛，所以詞意纏綿悲切，浪淘沙，便是其中的一闋。

南唐·李　煜詞

譯自碎金詞譜

簾外雨潺潺，春意闌珊。羅衾不耐五更寒，夢裏不知身是客。一晌貪歡。獨自莫凭闌，無限江山，別時容易見時難。流水落花

【說明】

李煜，字重光。中主李璟的第六子。宋太祖建隆二年嗣位爲南唐的國君，一稱「南唐後主」。在位十五年，國亡被俘，宋封他爲違命侯。

李後主在政治上雖說是失敗，在文學上却十分成功，有「詞中之帝」之譽。他的詞，可分爲兩期：三十八歲以前的作品，是前期，大半是艷詞，情高意眞，能於花間詞派之外，自樹一幟；後期作品，則因生活環境劇變，詞格也由淸麗婉約，急轉直下，變爲亡國悽厲之音，此時感慨加深，題材也加廣了，白描的手法，就更自然而生動了。所以王國維說：「詞至李後主而眼界始大，感慨遂深，遂變伶工之詞而爲士大夫之詞。」近人唐圭璋撰南唐二主詞彙箋，李後主詞共收四十六首。

李煜的浪淘沙，上半用倒敍法。寫後主雖有香暖的羅衾，也不能抵禦北地春寒的料峭，於是他從夢中醒來，聽着簾外潺潺的雨聲，隱約感到闌珊的春意。在夢中，後主回到美麗的江南，耳目所接，管絃之盛、妃嬪之多、河山之美，一切恢復歡娛的舊觀。全然忘却現在被囚北方，受着人間地獄的活罪。

下片寫憑欄遠眺，無限江山，橫在眼前，將會聯想到故國河山的美麗，引起無限的傷心，這和「故國夢重歸，別來雙淚垂」，寫得一樣沉痛。

後主北上後，精神物質兼受痛苦，渴望回到江南，重整河山。但後主深知，這願望除了在睡夢中可暫時實現外，難以實現，今昔之比，有如天上、人間，天壤之別。

2 (C—120 第一卡帶 雙聲道 第二面)

相見歡 南唐・李煜

相見歡這個詞牌，又名西樓月、上西樓，便是因爲李後主這兩闋相見歡的緣故。這兩闋相見歡，一寫林花春恨，一寫秋月離愁，不外是國仇家恨，不能直說，「意內言外」的詞，正足以深刻表達一份情感，所以高妙。

南唐・李 煜詞

譯自碎金詞譜

【說明】

李後主的兩闋「相見歡」，似爲同時所寫的，一寫「林花謝了春紅」，一寫「寂寞梧桐深院鎖清秋」，春秋兩季，同爲一年中景色佳好的季節，對李後主來說，更容易觸動感情。他入宋後，淪爲俘虜，就是有感觸，也不敢直說，於是他用「意內言外」的詞，用彎曲的語言，表達了家國之思的摯情。

「林花」雖美好，但已辭謝了春日的嫣紅，而春的離去，未免太匆匆了。加以春風春雨無情的摧殘，使林花凋零得更快。因此林花不僅是普遍的意義，它含有往日美好的時光，但如今已消逝。

下片「胭脂淚」，是將「林花」比喻做搽上胭脂的女子，而這女子在流淚，是爲了「留人醉」，其中便含有無限的依戀和不忍分離的情意，但好景難留，人生長恨，如一江春水常東流。整首一氣貫注，聯想巧妙，雙關意的使用，眞是天衣無縫。

相　見　歡　南唐•李煜

一鈎秋月，又上西樓，兩闋相見歡，從春唱到秋，仍唱不盡心頭的慘痛和哀傷。

南唐・李　煜詞
譯自碎金詞譜

【說明】

「無言獨上西樓」這闋詞，開端「無言」二字，便能扣人心絃，引人深思，其中包含了無限的沉痛。假如是在昇平之世，清秋初到，新月如鈎，該是歡言上西樓吧！如今，同樣是清秋的夜晚，却是無言獨上西樓，觸目所見到的，是清秋的梧桐，深鎖一院的寂寞。而「鎖」字又是雙關語，不僅是深院深鎖，也是李後主入宋後，被軟禁而行動不能自由。在詞中，詞人慣用「梧桐」的意象，暗示凋零、寂寞和愁。

下片採用直敍法，但也不明說，只是指出「離愁」一事，離愁之多，「剪不斷，理還亂」，這種國破家亡的離愁無法清理，但又向誰去訴說呢？只有親身遭遇到的人，才能切身體會箇中的滋味，才能體會清秋無言獨上西樓的滋味。

李後主的詞，詞句含蓄而優美，詞情橫溢，陳廷焯白雨齋詞話云：「李後主、晏叔原（幾道）皆非詞中正聲，而其詞則無人不愛，以其情勝也。情不深而爲詞，雖雅不韻，何足感人？」因此文學作品的感人，主要還是在於眞情的感人。

虞　美　人　南唐•李煜

一樣的春秋，却是兩般滋味，天上、人間，前日帝王今日囚，這種離恨深愁，豈是一江春水所能比擬？

【說明】

虞美人是李後主最悲憤的一首詞，但並不是他的絕筆詞，至多只能說是引起宋太宗毒害他的導火線而已。

春花秋月，是可愛的，但對身處北地的李後主而言，却是一種對生命的激蕩，在人地生疎的北方，又受了一年的恥辱，尤其是明月之中，容易引起對故國的思念。本詞一、三句相應，二、四句相應，章法井然，但寫得很渾成，不着痕跡，這是李後主詞最高藝術的表現。

「雕闌」兩句，寫回憶故國的今昔之感，滿紙悲憤，險欲呼天，眞不勝其蒼茫，與文天祥之「水調歌頭」：「鏡裡朱顏都變盡，只有丹心難滅。」可謂同一機杼。

最後兩句作結，「恰似一江春水向東流」九字連讀，筆力千鈞！是爲千古的名句。這是李後主詞中，突破九言、十一言的例子之一。宋太宗爲了詞中有「小樓昨夜又東風，故國不堪回首月明中」兩句，疑心他志圖興復，準備異動，早已存心要殺他了。到了這年七月七日，正是李後主的生日，那晚大作其樂，猶唱虞美人詞，太宗覺得李後主太放肆了，立刻命令楚王元佐用牽機毒藥將他毒死。

可憐一代詞宗，竟是如此的下場，但他用血和淚寫下的四十多首詞，却永遠存留在人間。他在政治上雖然失敗，而在文學上却建立了不朽的盛業，有其輝煌無比的成就，這可說他的作品是以生命換取的。

破　陣　子　春景　宋•晏殊 (991—1055)

北宋的詞壇，晏氏首開風氣，王灼評他的詞「溫潤秀潔」（見碧鷄漫志），然而也仍然不失五代花間餘風。這首破陣子寫春景，華而不豔，婉約清麗。

【說明】

晏殊，字同叔，江西臨川人。宋仁宗朝宰相。喜獎掖後進，名士多出其門下，如范仲淹、韓琦、富弼、歐陽修、王安石等皆是。因位高權重，不免沾染一些西崑的富貴氣，詩詞文章以典雅華麗見長，然有些詞却能眞實地呈現他另一面的生活與心境，深思而婉出，風韻甚佳。著有珠玉詞。

這闋「破陣子」舊題「春景」，作者用淡描的筆法，勾勒出一幅春夏之際的景色，少女們活潑的生活形象。開端兩句，「燕子來」時即春臨，而「梨花落」便是春殘，點明時令是由初春至暮春。其下三句，摹寫暮春至初夏之景——碧苔數點是暮春景象，黃鸝鳴於春夏之交，「日長」更明其爲初夏。這半闋寫景極輕巧，時間轉移的歷路非常明朗可愛。

下闋描敍人事。前二句寫少女們在晴暖的時節外出采桑，相見時那種歡欣的笑容，氣氛一片祥和。結尾三句，很敏銳地捕捉到少女們遊戲時興高采烈的神態，眞是「如聞口香，如見冶容」（詞綜偶評語）。

這闋詞裏，作者所描寫的女性是那麼輕柔細膩，通篇不著一句俗艷語，却將小兒女的情緻神態，清晰地呈現出來，使人心境感到寬舒溫馨，這便是晏詞和雅的地方。

漁　家　傲　宋•晏殊

在晏殊的珠玉詞裡，漁家傲就有十四首，可見他特別喜愛這個詞調。這一闋是寫黃昏時刻，佳人的閒情，造情造境，都很優美。

【說明】

晏殊的漁家傲，又名綠簑令，添字漁家傲。明朝蔣氏的九宮譜目列入中呂宮引子。詞譜載此調始於晏殊 。因詞中有「神仙一曲漁家傲」句子，因此得名。此調以晏殊爲正體，宋元人皆依此塡詞。詞譜載：添字漁家傲調近蝶戀花。片玉集注：漁家傲屬般涉調。楚大夫往見莊子，不顧，是漁家傲也。

晏殊字同叔，撫州臨川人，七歲就能寫文章，眞宗召見，和當時進士一同接受御試，賜同進士出身，官至宰相。他的性情剛簡，文章瞻麗，閑雅而有情意。他的詞繼承南唐系統，爲北宋初期一大家。受馮延巳的影響很深，仍是五代婉麗詞風，他的珠玉詞可取之處，是工於造語。含情淒婉、音調和諧。

詞中引楚王好細腰及司馬相如、卓文君的典故，襯托佳人獨守的淒涼。加以日夜鼓聲催人，人何以堪！只怕紅顏難再，而細腰空自消瘦。醉裡聊以蓮蓬藕絲安慰，佇立風中，久久凝望，只迎得滿袖清風，也只有西池上的明月，照臨着孤行的歸路人。晏殊既言日夜鼓聲，又言昏復晝，眞是深刻動人，佳人佇立淒美之景，如在眼前，他的詞風，由此可以窺見一斑。

蘇幕遮 懷舊　宋•范仲淹 (989—1052)

范仲淹不以詞名家，全宋詞收有他的詞五首，蘇幕遮和漁家傲兩首，更是膾炙人口，流傳千古的作品。

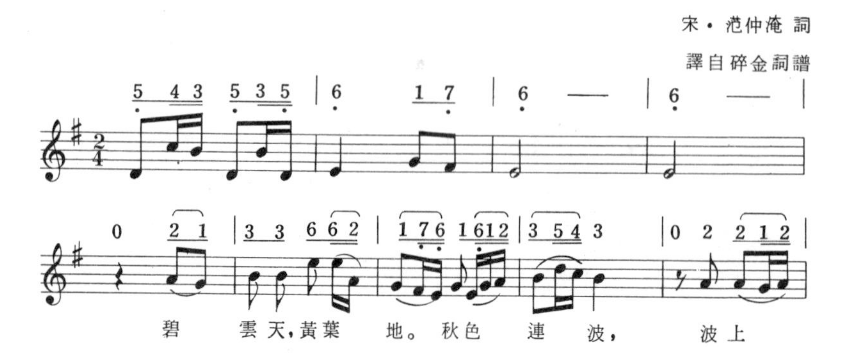

【說明】

范仲淹，字希文、江蘇吳縣人。宋仁宗時官至參知政事。當他坐鎮陝西邊界時，威望十足，西夏人稱他爲「小范老子胸中自有十萬甲兵」，相戒不敢犯邊。這位「先天下之憂而憂，後天下之樂而樂」的偉大政治家，他鎮守邊塞，感於國家民族的危亡，心懷去國懷鄉的愁思，往往能令人深思、感懷，而寫下幾首詠邊塞的詞，與當時「清切婉麗」爲主的詞風不同。彊村叢書輯有范文正公詩餘一卷。

蘇幕遮，唐教坊曲名。本爲西域婦女的帽子。張說有蘇幕遮詩云是海西歌舞，就舞人所戴的帽飾而作爲詞調的名稱。范仲淹的「蘇幕遮」，就是當他鎮守邊地時，因深秋蕭條的景象，所引起征夫思念家鄉的愁情，依調塡寫的新詞。暮雲、黃葉、寒煙，一幅秋天黃昏的畫面，然而所見的遠山、遠水，不與江南相同，於是感到故鄉遙遠而不可及。在這一片蒼茫的暮景中，不由得激起人覊旅在外的思鄉情懷。

「黯鄉魂，追旅思，夜夜除非好夢留人睡。明月樓高休獨倚，酒入愁腸，化作相思淚。」眞是一句一轉折，纒綿之情，感人肺腑。

洞　天　春　宋・歐陽修（1007—1072）

歐陽修的洞天春，寫春心，看春又過了，多少感觸，盤旋心頭，向誰傾訴？

【說明】

歐陽修，字永叔，自號醉翁，晚號六一居士。江西廬陵人。他的詞帶有五代南唐的風格，只是更雅贍，構思更完整；在詞情的表現上，眞摯而深刻，含蓄而有韻致。凡是眞摯、眞情的作品，便是有境界。他不僅是詞人，也是詩人、古文家；同時，他是北宋文壇的盟主，著名的「全能」作家之一。有歐陽文忠公集行世，詞附集後，名「近體樂府」，毛晉收錄宋人詞六十一家，改名爲「六一詞」。此外有醉翁琴趣外編。

洞天春，是一闋寫春景、春情的詞。從鶯啼的早春，到殘紅的暮春，寂寞宅院，看今年的春光又過了，怎不傷神？只見暮春的燕蝶輕狂，柳絲撩亂，又怎能沒有感觸呢？

歐陽修的小令，構思精巧，造詞造境，情意緜密，作小兒女的情歌，別有一番韻味，就像他的生查子，寫「月上柳梢頭，人約黃昏後」的纖巧、心態，令人喜愛。有人懷疑歐陽修是北宋的古文家，又是文壇的盟主，怎麼會寫這類婉約而深情的戀歌？其實這是歐陽修獨到的另一面，他畢竟是個多才多藝的全能作家。

蝶　戀　花　宋・歐陽修

歐陽修的詞與晏殊同出於五代南唐，但是他的沉著深致，要超過了晏殊。蝶戀花一闋，寫佳人深閨自怨，感慨春光將逝。

宋・歐陽修 詞
譯自魏氏樂譜

6 1 6 5 | 6 — 6 — | 6 5 6 5 | 6 — — — |

【說明】

這首蝶戀花，是一首惜春、傷春之作。以往日一片繁榮的春景，與暮春時雨打風吹去後的殘景，造成對比。在詩人敏銳的筆觸描寫下，又蘊育著幾許深深的情感。想當年，繁華景緻，「玉勒雕鞍遊冶處，樓高不見章臺路」。而後「雨橫風狂三月暮」，雖是萬般惜春，也是「無計留春住」，只剩得「淚眼問花花不語，亂紅飛過秋千去」。這首詞雖無深刻的意義，但是不論他的構思、抒情、塑景，都有著極高的藝術價值，尤以最後那情景交融的結句：「淚眼問花花不語，亂紅飛過秋千去。」歎花落春去，更使人爲之心酸。歐陽修擅長於寫蝶戀花，共有十一首，這是其中最負盛名的一闋。

八聲甘州　宋・柳永（987？—1053？）

柳永一生坎坷，塡詞抒憤。他曾云：「忍把浮名，換了淺斟低唱。」葉夢得云：「凡有井水飲處，即能歌柳詞。」（避暑錄話）由此可知他的詞流傳之廣。八聲甘州是長調，寫客居思鄉之情。

【說明】

柳永，字耆卿，初名三變，福建崇安人。曾任屯田員外郎，故世號「柳屯田」。他通曉音律，善作歌詞，流行一時。其詞作頗多歌臺舞榭的描寫，而以那幾首描寫客愁和離情的抒情詞爲作表作，這闋「八聲甘州」即是其一。

上片由氣候與時令下筆，緊接著「漸霜風」三句，乃爲急絃高調，顯出一片淒冷。底下再藉花草的凋零，景物的變遷，映襯出作者的心境，於是見江水無語東逝，亦引出己身的嘆息與嗚咽。

下片分三疊寫出。首言鄉情深濃，而欲歸不得，吐出羈旅在外，身不由己的苦衷。次及閨人的日日盼待，即溫飛卿「過盡千帆皆不是」之意，細密的想像非常動人。最後語意一翻，由設想中，佳人的愁，聯想到佳人應知我亦愁苦，把兩地相思掛記，無限傷感的情緒，刻畫極深。

由於柳永一生飽嘗「遊宦成羈旅」的淒楚況味，故此類作品的感情極爲眞切感人，故能傳頌千古，令人低徊。

3 （C—120 第二卡帶 雙聲道 第一面）

念奴嬌 赤壁懷古　宋•蘇軾 (1037—1101)

東坡的詞，情辭奔放，俞文豹吹劍錄曾云：「須關西大漢，銅琵琶，鐵綽板，唱大江東去。」

宋・蘇　軾詞
譯自九宮大成譜

6 5 6 | 2 1 7 6 — | 6 5 3 5 3 | 2 1 5 3 3 6 | 5 4 3 — 3 |
大江東去，浪淘盡千古風流人物。故

2 3 5 6 5 — | 3 6 5 — | 1 5 4 3 3 | 1 7 6 1 — |
壘西邊人道是，三國周郎赤壁。

6 5 6 2 2 | 2 5 4 3 1 3 | 2 — 3 5 6 | 1 2 1 5 4 6 |
亂石崩雲，驚濤裂岸，捲起千堆雪。

6 — 6 6 | 3 5 3 2 3 — | 1 2 3 2 1 7 | 6 6 5 4 3 2 | 1 — 2 3 |
江山如畫，一時多少豪傑。遙想

6 6 5 6 1 7 | 6 — 5 4 3 | 5 3 1 2 3 | 3 5 4 3 1 | 7 6 1 1 3 |
公瑾當年，小喬初嫁了，雄姿英發。羽

【說明】

這是東坡遊於赤壁所寫的詞。面對浩湯的江水，興起懷古的幽情，並對人生的無常，寄以無限的感慨。人生一世間，眞如蚍蜉寄世。「大江東去，浪淘盡千古風流人物」，眞是人世代謝的最佳寫照。聖如堯舜，寇如盜跖命運同歸於塵埃，當年橫槊賦詩的曹操，雄姿英發的周郎而今安在？細數來，拍岸的浪花就像轟動一時的英雄豪傑吧！徒留下一些可歌可泣的事蹟讓後人憑弔，他們的生命却早隨著洶湧的波濤而流逝。

下片先寫公瑾當年飛揚的神采，「羽扇綸巾，談笑間，强虜灰飛煙滅」；如今無情的江水，帶走了歲月和人物。因而作者引起故國之思，不覺華髮已生，神遊在這美麗的江山尚有幾時？人生眞像一場虛無飄渺的夢吧！來時無影去時無蹤，愈想則徒增神傷，不如拿起酒樽，向著江中的明月舉杯。

東坡這首詞，充分顯露其豪邁超絕的性情，英氣凌人，寫景抒情交相錯綜，成爲一幅情景交融的悲壯畫面，一種空寥浩渺、蕭瑟蒼涼的景象。前人謂：讀東坡詞如聽關西大漢擊鐵綽板而歌「大江東去」

可見此闋不僅是東坡詞的代表作，也是我國詞史上的千古絕唱。

水調歌頭

丙辰中秋歡飲達旦，大醉，作此篇，兼懷子由。　宋・蘇軾

酒和明月，是中國文學中不可缺乏的素材，蘇軾的水調歌頭，跟李白的月下獨酌，有相同處。蘇軾的詞，以豪曠見稱，比起花間詞人雕采鏤金的兒女小歌，大為異趣。他以奔放的感情，開朗的胸襟，開拓了詞的新境界。

【說明】

蘇軾，字子瞻，自號東坡居士，詩、詞、文章皆一時雄俊，眞是天縱英才。其詞豪邁有仙氣，從容跌宕，順手拈來而不著斧痕。軼塵絕迹，飄然翮擧有太白之風。此乃其高遠闊曠之胸襟，淵深宏博之學識有以致之。今有東坡樂府傳世。

「水調歌頭」，是蘇軾與其弟蘇轍分手五年，適逢中秋，使人望月思親，憶及手足情深，而今迢遙山水，各居異鄉，於是將平日兄弟的情感，對人生的懷疑，以及世事的迷惘，感情的鬱結，全部宣洩出來，氣象雄渾，波瀾壯濶。

起首詠月問天，想以渺小的心靈來理解浩瀚的自然，而時空的交阻頓時把脆弱的人生網羅，令人興起「天地悠悠，愴然涕下」的淒涼，以及「此身雖在堪驚」的惶恐。然而東坡的人生觀畢竟是曠達的。下片便是經過了一番內心徬徨的掙扎後，又重新肯定現實人生的意義。月亮的陰晴圓缺，亘古以來循環不已，人世的悲歡離合，也是無可避免的，但是，沒有離別的縈念，那來重逢的喜悅？因此，目前雖身各異地，不能相聚，但只要彼此無恙，共賞天際美好的明月，也足够堪慰了。

醉　翁　操　宋‧蘇軾

蘇軾游於歐陽修（自稱醉翁）的門下，仰慕歐陽修的風範。歐陽修卒後，蘇軾因寫滁州的鳴泉依舊，但人已飛仙，而作醉翁操，以思慕其人。

宋‧蘇　軾詞
譯自九宮大成譜

3 3 | 2 3 5 6 5 — | 1 2 5 3 2 1 2 | 1 — 3 2 3 |

5 3 3 2 1 | 6 5 3 5 — | 0 0 5· 6 | 1 — 0 5 |
琅 然。 清

3 — 3 2 1 2 | 1 — 3 5 6 | 5 — 3 2 1 | 1 — 6 1 |
圜。 誰 彈。響 空 山。 無 言。惟 翁

3 2 1 6 5 3 | 5 — 1 2 3 | 5 3 3 2 1 | 1 — 3 5 |
醉 中 知 其 天。月 明 風 露 娟 娟。人

6 1 6 5 6 5 | 5 3 3 2 1 2 | 1 3 5 6 | 1 6 5 3 5 |
未 眠。荷 蕢 過 山 前。曰 有 心 也 哉

6 5 3 5 — | 3 2 1 1 6 1 | 5 3 3 2 1 2 | 1 — 1 6 |
此 賢。醉 翁 嘯 咏，聲 和 流 泉。醉 翁

去後，空有朝吟夜怨。山有
時而童巔。水有時而迴川。思翁
無歲年。翁今爲飛仙。此意在人
間。
山有時而童巔。水有時而迴
川。思翁無歲年。翁今爲飛仙。
此意在人間。試聽徽外三兩絃。

【說明】

醉翁操，是一首琴曲。醉翁一詞，是指歐陽修。

當年歐陽修出任滁州刺史時，經常到琅琊幽谷一帶來遊覽。在山間的釀泉旁，智仙和尙還蓋了一座亭子，因此歐陽修就給這座亭子命名爲「醉翁亭」，並自號「醉翁」，還寫了一篇「醉翁亭記」，傳誦一時。

歐陽修離開滁州後十餘年，有個文士叫沈遵的，他也到琅琊釀泉一帶來玩，發現這一帶的幽谷，鳥鳴空澗，泉瀉幽谷，十分別致，於是寫下一闋琴曲，題名爲「醉翁操」，以思念歐陽修的風範高儀。當時沈遵的醉翁操只是一首演奏曲，尙沒有歌詞。後來固然也有人配上歌詞，但總嫌歌詞粗俗，未能與琴曲契合。

三十年後，歐陽修已離開人間，沈遵也作古，而廬山玉澗道人崔閑，偶得沈氏舊譜，便來找蘇軾，要蘇軾爲醉翁操作詞。蘇軾是出於歐陽修的門下，感懷恩德，作了這首醉翁操的詞，詞中除了寫歐陽修當年遊幽谷釀泉的逸興外，並抒吐蘇軾對歐陽修無盡的思念。吟誦此詞，使人想起古人的情誼高行，距今相去雖近千年，但德音猶存，感人至深。

滿　庭　芳　宋•秦觀 (1049—1100)

少游多情，不下於柳永，這首別詞，送給伊人。「流水繞孤村」，人雖去而猶思念；「燈火已黃昏」，益增傷情。

宋・秦 觀詞

譯自 碎金詞譜

【說明】

秦觀，字少游，一字太虛，號淮海居士，江蘇高郵人。宋哲宗時曾任太學博士，國史院編修官。後因元祐黨籍牽連，貶謫西南，及徽宗立，放還，死在道中。著有淮海詞，又名淮海居士長短句。

少游出自蘇軾門下，且受蘇軾所器重，其作品雖受蘇氏的影響，却也有自己的風格，他的詞淒婉，以情韻見長。

這闋滿庭芳，是作者離開會稽時，追思一位他所眷戀的歌妓而作的戀歌。上片以描繪遠景起筆，將秋別的題意，寓藏在空濶衰瑟的景物中，底下才托出「暫停征棹，聊共引離尊」的別意。「暫」字引出依依之情，「聊」字又道盡無奈之心。面對這種別離的片刻，不由想起昔日歡樂——作客會稽蓬萊閣的美好生活。往事空憶，由是煙靄、斜陽、寒鴉、流水等景色映入眼簾，也就更加寥落，憑添離愁幾許。

下片敍離別的情景，先以「銷魂」點出，再言「香囊暗解，羅帶輕分」，情語含蓄而風格高越。歡情已逝，徒留青樓薄倖名，於是自嘆再會難期；傷情之處，啼痕滿襟袖。片刻間船已離岸，人在江中，思緒方才收回現實，却又見燈火輝映，黃昏已臨，又觸動心事。此際傷情哀景，遂交相疊湧至最高潮。

青玉案 宋•賀鑄 (1052—1125)

賀鑄的青玉案，回答人問閒愁，有「一川煙草，滿城風絮，梅子黃時雨」的警句，因而得到了「賀梅子」之稱。賀鑄的頭髮很少，髮髻也小如梅子，他的詞練字精巧，語意新穎，這樣用心的寫作，怎麼能不掉頭髮呢！

宋・賀　鑄詞
譯自碎金詞譜

【說明】

賀鑄，字方回，北宋衛州人。雖然出身名門顯戶，却因爲秉性耿直，使酒尚義，終不能顯達富貴，而悒悒遺生。論他的際遇與性情，都與晏小山頗爲相似，今有東山詞傳世。

方回在那號稱「鬼頭」的寢貌裏，涵藏了顆善良熱情的心。時時以淸麗、飄逸之筆，道盡那傷鬱精忠的感情，眞可如張耒所批評他的：「幽潔如屈宋，悲壯如蘇李」。這裏選錄了他兩首作品：「青玉案」與「臨江仙」，都是他語精意深，傷情嘔心之作。雖然不能窺見他另一面「繫取天驕種，劍吼西風」的凌豪超邁，但是由這兩首詞中，我們不難看出這位多情的作家，內心所具有的那份眞摯。

「青玉案」是他在蘇州寓居時所作。由初見伊人的時地寫起，相思的筆法浮沉更迭，而終究是一片的悵惘傷懷，終得留「春知處」。鮮明的意識中，帶有多少的恍惚迷離，幽索綺迷，如雲如夢，若即若離。寫實的詞片，貫穿了詩人無比的思慕。其中，有懷念，有感慨，有企盼，有喟歎，想像與現實的思路，交扯纏繞，織綴成滿滿的一腔孤寂。

下片再由時空的寂寥著筆，返透出「芳塵」已去的悵然。莫可奈何的，就讓彩筆傾吐出無限相思的心聲，牽引出「閑愁幾許」的傷懷，於是「一川煙草，滿城風絮，梅子黃時雨」，無不成爲他茫然無措的照應。寫來渾然天成，平抒的描繪中，帶給人多少的辛澀的回味，末以景結情，雋永深婉而有味。

臨　江　仙　宋・賀鑄

賀鑄有東山寓聲樂府三卷，今已不傳。這首臨江仙，全宋詞沒有收錄，今選自九宮大成譜，內容是寫佳人本擬盛妝爲君行酒，怎知君未來，想往日情深，人散後，又思念不已。

宋·賀　鑄詞

譯自九宮大成譜

【說明】

這首詞舊題爲「雁後歸」，乃是他在「人日」時，於歌筵酒席上所作。描寫他那異鄉爲客的淒涼辛酸。上半闋首先記敍他作此詞時的時間地點。「巧翦」五句的渲染中，色調鮮明濃烈，那種「舞低楊柳樓心月，歌盡桃花扇底風」的盛歌隆舞，幾掩人的耳目。然而仔細析賞，那無奈的情思，溢於言外。寫歡景，寓悲情，非眞能傷心如方回者，則誰能够？

下闋則直寫抒懷，從自身的久病潦倒寫起，精警枯瘦，使人寒慄。由「幽襟淒斷」而「堪憐」，感情再度恢復先前的還休委婉，讀之不覺沉鬱萬千，方回寫情至此，不由得問蒼天了。而徒讓那份盼歸的鄉愁馳騁於虛無中，在「人歸落雁後，思發在花前」反理成情的不可爲下，更透露出更迫切的希望，唱來眞是字字佳妙，句句悽絕。

燭影搖紅　宋•周邦彥 (1056—1121)

北宋詞的妙處，「不在豪快而在高健，不在豔冶而在幽咽。」（馮煦蒿菴論詞）周邦彥的燭影搖紅，便是一首詞情幽咽而不豔冶的佳作。

宋・周邦彥詞
譯自九宮大成譜

香臉匀紅，黛眉巧畫宮粧淺。風 流天付與

精 神，全在嬌波轉。早是縈心可慣。

那更堪、頻頻顧 盼。幾回得見，見了還

休，爭如不 見。燭 影搖紅，夜闌飲散

春宵短。當時誰 解唱陽關，離恨天 涯

遠。無奈雲收雨 散。凭欄杆 東風

淚 眼。海 棠開後，燕子來時，黃昏庭 院。

【說明】

周邦彥，字美成，自號清眞居士，錢塘（今浙江杭縣）人。由於他擅長音律，曾待制大晟府。又能自度新聲，詞韻清新，有詞集清眞詞傳世，後人改題爲片玉詞。周邦彥工於長調，又能將唐宋人的詩句融入詞中，不露痕跡。沈義父樂府指迷評道：「凡作詞當以淸眞爲主。蓋淸眞最爲知音，且無一點市井氣。下字運意，皆有法度。往往自唐宋諸賢詩句中來，而不用經史中生硬字面，此所以爲冠絕也。」

燭影搖紅，又名玉珥度度金環，本是王詵憶故人詞，共五十字，宋徽宗命大晟府改爲雙調，因詞中有「燭影搖紅」句，故名。這是周邦彥在大晟府工作，塡寫了九十六字雙調的燭影搖紅。這一闋詞，類似唐詩中的「宮體詩」，上闋寫佳人嬌媚，使人顧盼，離去後猶縈心思念。下闋寫歡聚的時光雖短，當時却不知別後的離恨長，想佳人也跟他一樣，在暮春海棠盛開的時節，在黃昏的庭院前，等待燕子歸來。末句「燕子來時」，一語雙關。

4（C—120 第二卡帶 雙聲道 第二面）

聲　聲　慢　南宋・李清照（1081—？）

這是李清照的代表作，親切而自然，傾訴生命中的創痛，逃難，夫卒，豈是一個愁字可道盡呢？聲聲慢，心酸酸。

【說明】

李清照，號易安居士，山東濟南人。早年生長在一個生活富裕，充滿藝術氣息的家庭。嫁給太學士趙明誠後，伉儷情深，詩詞唱和，共賞金石，有如神仙眷侶。而後在戰火瀰漫下，流離顛沛；山河破碎，丈夫病死，金石玩物喪失殆盡，以致於晚年生活淒苦，流落異鄉孤寂而終。著有漱玉集。

這首「聲聲慢」，是寫她晚年寡居生活，環境的淒涼，內心的愁慘。易安詞風格婉約，重視音律，長於以平易的口語，白描的手法，來表達感情的最深處。開端的十四疊字，是一種創格，後世嘆爲絕句，無能及者。僅僅以十四字，却明顯的表現出那種空虛心靈的追求與失望，不須多言，已使人深刻的體會出那份茫然若失的悲痛。想想往日的情愛而今憔悴損，三杯兩盞淡酒，難澆愁懷，到黃昏，獨守窗兒，怎耐得黑。全篇那種眞實情感，那份生命的表現，怎不感人！多年的罹亂，深沉的憂鬱，那今昔之感，備極悽愴。

好　事　近　南宋・陸游（1125—1210）

陸游雖專力於詩，但也擅長塡詞，南渡詞人中，他與辛棄疾同爲愛國詞人，時有陸辛之稱。他的好事近，也流露了這份憂國思歸的情操。

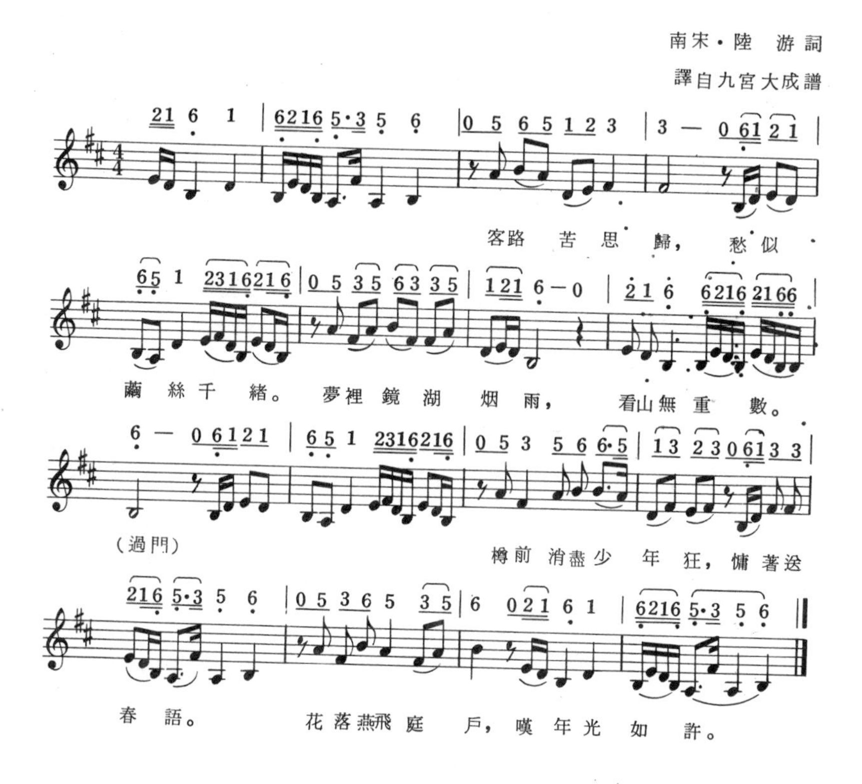

【說明】

陸游，字務觀，自號放翁，山陰（今浙江紹興）人。當時宋室偏安江左，他始終堅持抗金主張，把這種思想和感情表現在詩上，是南宋最偉大的愛國詩人。他在詞上的成就，雖不及詩，但他的詞，也貫穿了愛國的情操，以及滅胡的雄心大志。

放翁詞和他的詩一樣，隨著一生的經歷，而有著三次明顯的演變。早年才情勃發，辭求工巧；中年入蜀，投效軍旅，眼觀雄山奇水，心念時危世亂，故多悲懷國憂之作，形成豪放奔逸的詞格；晚年退居山陰，歌詠自然情趣，而歸於閑適恬淡的境界。

這首好事近並無曠放之氣，以婉約傷感的筆調，寫出年華消逝，功名不成而有思歸的心情，但畢竟尚存有自憐，不能爲國效力而感遺憾。我們知道，這種感情貫穿了陸游的全部生活和作品，在他的詩裏詞裏，無論是一山一水，一草一木，都滲透了愛國的情操。

摸　魚　兒　南宋・辛棄疾（1140—1207）

（淳熙己亥，自湖北漕移湖南，同官王正之置酒小山亭，爲賦。）

這是辛棄疾四十歲的詞。南渡詞人中，都有一股憤鬱之氣，何況他胸懷大略，却任司漕掌錢穀的職務，自非他所樂意。四庫全書提要曾云：「棄疾詞慷慨縱橫，有不可一世之概。」

南宋・辛棄疾 詞
譯自碎金詞譜

無 數。春且 住。 見說道 天 涯 芳 草
無 歸 路。怨春 不 語。 算只有 殷 勤， 畫 簷
蛛 網，盡日 惹 飛 絮。 長
門 事， 準擬 佳 期 又誤。 蛾眉 曾有
人 妒。 千 金 縱 買 相 如 賦， 脈脈 此情
誰 訴。 君莫 舞。 君不見，玉環飛 燕 皆
塵 土。 閑愁 最 苦。 休 去 倚 危
闌， 斜陽 正 在， 烟 柳 斷 腸 處。

【說明】

辛棄疾，字幼安，號稼軒，山東歷城人。他生性豪爽，尚氣節，是一個有膽識、有抱負的人，無論帶兵治政，都有很好的聲譽。他二十三歲才奉表歸宋，所以他的青少年時期，是生長在金人的統治下，目擊國破家亡的苦境，故立下了效命疆場，殺敵報國的志願。可惜命運不濟，在南宋政風下，根本不容許他發展抱負，所以辛棄疾積壓了滿腔忠憤，流露在他的詞中。著有稼軒樂府六百餘首。

作者借陳皇后失寵的故事，來比喻自己坎坷的際遇。花兒因風雨而零落，一個志士，又能禁得起官場上幾番風雨的打擊呢？他盡力想挽留住春天，但只能怨春不語，默默看那畫簷蛛網，整天沾染飛絮，愈增淒淸。由於辛棄疾才高遭人忌，就好像紅粉易受人妬一般，滿懷衷情訴與誰聽？最後將哀怨轉化成憤恨，警告朝廷得勢小人，今天縱使是羣魔亂舞，飛揚跋扈，最後也將同歸於塵土的。想到此，不覺怒氣散了，但閒愁仍在，這首詞寫得纏綿悱惻，幾度轉摺，每一句都蘊含了「閒愁」的意味。稼軒眼看宋朝國運危艱，不想過問，不想再憑闌遠望了，但不能不牽掛，不能不斷腸啊！無論是愁苦，是淒慘，總是深蘊著愛國的赤忱。

破陣子 為陳同甫賦壯語以寄　　南宋・辛棄疾

「東坡之詞曠，稼軒之詞豪。」（見人間詞話）這是千古名評。推究其原因：東坡以時空的交合，造成遼濶的詞境；稼軒以英雄髮白，交織成豪放的詞情。

【說明】

這首詞的題目是「爲陳同甫賦壯語以寄」，陳同甫爲人才氣超邁，具有高度愛國熱情，却始終不得其用，辛棄疾懷著無限敬愛和同情，爲他寫了這首詞，除了憐人之外，更有深厚地自憐意味啊！

辛棄疾的詞，無論是內容形式和風格，幾乎無所不包，氣魄雄大，意境沉鬱。他繼東坡之後，更進一步開拓了詞的境界，被人稱之爲「詞中之龍」。

破陣子，本是唐太宗爲秦王時，他帶領軍隊東征西討，他的部下爲他編製了一首軍歌，名爲「小秦王破陣樂」。這支樂歌，在唐代一直很流行，幾乎成爲唐代的國歌。南宋時，辛棄疾塡寫這闋破陣子，依然帶有一份凜冽的豪情。從首句「醉裏挑燈看劍」，想起多少往事，當年在沙塞間，秋月點兵，騎着的盧駿馬，奔馳出征的情景，也曾爲國家立下不少的汗馬功勞。如今廉頗已老，怎不浩歎。因此辛棄疾晚年的詞，常有「英雄歎老」之慨。

淡　黃　柳　南宋・姜夔（1155—1221）

（客居合肥南城赤闌橋之西，巷陌淒涼，與江左異；惟柳色夾道，依依可憐，因度此曲，以紓客懷。）

這是一首姜夔的自度曲。南宋紹熙二年（1191 A・D），姜夔三十七歲，他流落到合肥，與小喬相聚，感時事多艱，身世飄零，而作了這一首淡黃柳。

白石道人歌曲
楊蔭瀏　譯譜

【說明】

姜夔，字堯章，自號白石道人，南宋饒州人。他以高空的襟懷，灑落的辭筆，與辛稼軒號稱南宋兩大詞宗。詞主格律，尙雅反俚，諧婉精美，體貌嚴密。惡之者言爲「有格而無情」「言之無物」；然譽之者，則贊其「野雲孤飛，去留無迹」（張炎詞源）「幽韻冷香」「挹之無盡」（劉熙載藝槪）。實則，以白石那種沉醉於閒逸高遠的境界而言，眞可稱得是孤芳幽淸了。怪不得有人評他的詞是「入其境者，疑有仙靈，聞其聲者，人人自遠。」這是他永不能爲人所超越之處。超俗雅潔，千古無雙。

白石道人多才多藝，精通翰墨詩文，尤以音律爲最，自度「白石道人歌曲十七首」，以俗字譜註其音，本用以助當世之傳唱，却成爲今人硏究詞樂之稀珍資料。不過，以今樂翻譯，則戾殊拗口，難以上律。經當世音樂家之整理潤色，已稍能復聞其聲歌之妙曼。這裏我們採用了楊氏蔭劉依白石道人俗字譜所考訂的三首詞曲：「淡黃柳」、

「鬲溪梅令」與「暗香」，倚調成歌，以恢復南宋人歌詞的遺音。

「淡黃柳」是白石道人最得意的自度曲之一。序中有言：「客居合肥南城赤闌之西，巷陌淒涼，與江左異，唯柳色夾道，依依可憐，因自度此闋，以紓客懷。」就可看出，他是在何種淒涼的情懷中，借柳託興思人。

詞以春晨之景起，「空城曉角，吹入楊柳岸」一段，聲倚清揚，最是感人。四周的空寥，刺痛了客子的心。春寒的馬行，觸目的，盡是那依舊的景物，回想起，人依然是流浪他鄉。內心的悲痛可想而知。簡短的數十個字傾注了多少飄泊天涯的辛酸與思念佳人的傷神。

下半闋，更以「寒食」貫穿著客旅的無適，「強携酒」，何嘗不是「也擬疏狂圖一醉」的悽愴，勉强的自樂不成，却又再度的傷春憐春，猶恐落紅遍地，則春又將歸何處？只好借著「燕燕飛來，問春何在？惟有池塘自碧」的一問一答，無窮無盡的落寞無依，滿溢言文之外。

隔溪梅令　南宋•姜夔

這也是姜夔的自度曲。南宋慶元二年（1196A•D）姜夔四十二歲，他從無錫回到吳興，第二年春到，他想起合肥的一段舊情，而作隔溪梅令。

白石道人歌曲

楊蔭瀏　譯譜

【說明】

這是一首傷春憶舊的小令，寫來玲瓏自如，風流雅潔，不失白石道人本色。「好花」、「滯香人」、「粼粼浪」、「春風」、「綠陰」、「玉鈿」、「木蘭槳」、「春雲」、「橫陳水」、「孤山」、「翠禽」等明晰的景物，片片入畫， 物物相烘， 令人叢生濃郁的聯想。然猶不難看出他所擧繪的景物中，帶有些許的悽愴。而作者那份「覓盈盈」的痴心，幽敻寂寥，揮之不去，招之不來，愈覺悠然傷怨不盡，而其詞義，仍是出於秉心的純正。

「隔溪梅令」詞牌下的注爲「仙呂調」，依據中原音韻所論六宮十一調：「仙呂調清新緜邈」相證，再配合楊氏訂譜看來，確能唱出箇中三昧。全詞意境超拔，清新宛轉，最後一句「翠禽啼一春」，更是聲辭俱美，感人至深，而有「繞樑三日」之感受。

暗　　　香　南宋・姜夔

（辛亥之冬，予載雪詣石湖，止旣月，授簡索句，且徵新聲，作此兩曲。

石湖把玩不已，使工妓隸習之，音節諧婉，乃名之曰暗香、疏影。）

紹熙二年（1191 A・D）冬，姜夔到蘇州去拜訪范成大，在范家住了一個月。范成大請他作詞曲，他面對梅花，想起情人，作了暗香、疏影兩闋，這便是其中的一闋。

【說明】

「暗香」是與他的另首「疏影」，同爲千古不朽的詠梅佳作。詞牌名同出於林和靖的「疏影橫斜水清淺，暗香浮動月黃昏」。白石通過詠梅來懷舊，借物寓情，才情高處，令人絕歎。

上半闋首先從往日相聚的光景著筆。回憶著那段梅花盛開，月下吹笛，清寒攀折的風流韻事。閑逸諧雅，幾不食人間煙火。既寫梅花清幽，又道己心高潔。思路正順行時，却在「何遜而今漸老」句一轉，拉回現實悲愴的處境，老大自悲，空餘舊憶，已無往日賦詞高歌的氣慨與情致。而見物傷情，怪梅愛梅。一情一物，一梅一我，一今一昔，成了最佳的對比，滲透出那份無著落處的悲傷。

結句的寫法，正好與上闋相反，由眼前的冬景再一次的回憶到往日的舊情。「江國正寂寂」點出空寥。「夜雪初積」點明隔阻。滿懷衷情空對著「路遙」怎寄？只能默對著紅萼翠樽，彼此眷戀，相互無言。文行至此，又回憶到舊時「曾攜手處」，已是「千樹壓，西湖寒碧」，有物是人非的感慨。使他驚覺梅花又將「片片吹盡」，歎息

「幾時見得？」這等惜花衰零，空餘殘枝的寫法，眞是直抒胸懷，繾綣綺麗，情景相融。唱來依依，反覆廻轉，不著痕跡。在感情的波動起伏中，却極爲洶湧，情極怨深。全詞都在那若卽若離處運行。其能傳誦千古，實在有它的獨到佳處。

玉樓春 戲林推　南宋・劉克莊（1187—1269）

詞題作戲林推，其實也是自況。客寄異鄉，不免有時消沉，但男兒事業在邊塞，也能使懦夫自強。

【說明】

劉克莊，字潛夫，號後村，莆田人。他有詩名，在詞的創作上，也是採取了以詩入詞的精神，詞集名爲後村別調。他生性豪爽，在南宋偏安的局面下，很想建立一番事業，但君臣苟安，將相弄權，結果沒法實現他的理想，晚年他看到國勢日危，中興何時？所以他的作品中，特多憤慨傷國之情。

張炎批評後村別調爲「直致近俗」。的確，劉氏作詞喜歡直抒胸臆，不講究用字或含蓄蘊藉的筆法，他只是將心中的感情發揮的淋漓盡致，可謂快人快語。在辛派旗幟下，他與劉過是兩個重要的作家，世稱「二劉」。他們的作品風格，都打破過去傳統的婉約華靡的詞風，而反映了歷史背景與社會實況，開拓詞的境域，使詞中思想內容更加充實，語言更加豐富多采。

劉克莊的玉樓春，寫客居長安市，有時到酒店喝酒，有時也沉溺在呼盧呼雉的賭博中，把時光虛渡。下片寫久居不歸，佳人的織錦回文詩易得，但她的心事難猜，男兒不應因客旅、愛情而傷神，不妨立志在邊塞，建立驚天動地的事業。

＊　　＊　　＊

詞是音樂文學，也是時間藝術。唐宋人怎樣唱詞，沒有完整的詞譜流傳下來。現在，我們所能看到最早的詞譜，有北宋歐陽修的洛陽春（流傳在韓國），南宋姜夔的白石道人歌曲；其次，明代魏浩的魏氏樂譜，清代允祿等編的九宮大成譜，謝元淮的碎金詞譜。如今依據這些詞譜，加以翻譜、整理，製成錄音帶，讓我們一起來傳唱、發揚。使我們再度體會唐宋詞的本色，情采的高華，以及中華詩學的博大。

（此段配樂用流傳在韓國洛陽修的洛陽春）

中華民國六十八年九月錄製